JN208998

句集

冬帽子《ふゆぼうし》

関口恭代

ウエップ

句集　冬帽子／目次

句集

冬帽子

ふゆぼうし

装丁・近野裕一

Ⅰ

春

〔90句〕

その1

切り株のかすかな息吹春料峭

/ 1 春

牡丹雪大地に近くよろめけり

雪吊りを解くにも順序ありにけり

ブランコを漕ぐ寒明けの星へ漕ぐ

開発の波に晒され雨の梅

恋知つて雄猫らしくなりにけり

藪蔭の祠はなやぐ午祭り

草屋根に雀ふくらむ雨水かな

隈笹の隈際立てる雨水晴

蔓薔薇の棘みづみづし多喜二の忌

土地訛り風に散らして野火を追ふ

神鈴に空色のかぜ犬ふぐり

凍て風に頬撫でらるる二月の闇

初音聞きひと日がうれし日記帳

初音いま田の神祀る囃し唄

百態の雲の造形二月逝く

絵草子の馬立ち上がる梅見月

石の上に鞄あづける土筆原

摘み草の小川跳ぶには広すぎる

たんぽぽの絮やこの先保育園

いろどりのふくふく爆ぜる雛あられ

黒髪に過ぎし日数を内裏雛

千代紙で折りし雛の倒れ癖

梨棚の芽吹き支度を剪定す

辛夷まだ固くて風を受けきれず

さざ波とひかりが頼り残り鴨

蓬原初恋といふはるかな日

初蝶はひらがなばかり蜆蝶

伊豆　九句

早春の海光二泊の駿州路

菜が咲いて村一枚のクレヨン画

飯蛸釣り釣れぬと言ひて立ちあがる

砂止めへ春の日和のつづきけり

げんげん田去年のままなる藁ぼつち

どの路地もゆつくり暮るる鰆東風

さし潮に東風のつまづく海鼠橋

透きとほる一日干しの桜烏賊

背伸びして子供待ってる土筆の子

温泉の町の謂れうべなふ桃飾り

豆柿の豆粒ほどの若芽かな

碓氷湖の浅瀬や万の蛙の子

春や眠し夢のなかまで生活の香

その2

武蔵野の春をたがやす頬被り

目刺出て下戸も盃かさねけり

奔放に転がる春の毛糸玉

古紙括りかろき春愁深くする

指先に血のいろあつめ水芹摘む

雨あとの今朝は大きな梅日和

草蔭の松かさに吹く涅槃西風

くろぐろと松かさ転ぶ雪の果て
飛び出して浮く暇のなしシャボンだま

旅立ちの視野にかさなる若みどり

朝東風のあづまやが好き四十雀

鯉跳ねて池に幾重の春の渦

中指伸べ春満月に祈るかな

ま青なる空へ辛夷の花支度

容赦なき剪定鋏のリズミカル

高層の窓は灯の海大石忌

待つことのよろこび今朝の初桜

駅までの桜提灯もう揺るる
花人となりしは昨日よ渡月橋

春昼のあやまつて嚙む舌の先

百鳥や和漢織りなす大庭園

胸うすき紙人形や花まつり

爛漫の花や音なき墓地公園

桃色の雲ながれけり四月の甲斐
平らかに右も左も桃のはな

脚らしきふくらみ蝌蚪は遊び好き

雪やなぎ尼寺跡の風のいろ

活けられて寸を伸び足す東菊

おづおづと砂浴びをする雀の子

蝌蚪掬ひペットボトルは子のたから
お日さまが見たくて蝌蚪の浮き沈む

独り居の生活またよし薺咲く

大草原まぶし紋白蝶自在

まつすぐに真つ直ぐに咲く葱の花

波音の舟屋をつつむ朧月

落ちさうに大気たのしむシャボン玉

パドックにさみどりの風川楊

人酔はせ風のままなる大桜

揺れあうて風かろくする踊り子草

句碑八基なぞへは風の光り合ふ

首立てて人待つ気配蝮草

栞にもならぬ樺の花拾ふ

懸命はお玉杓子の小さき国

塩水吹き波音をまつ姫浅蜊

昼月にまみどりを張る松の芯

黒土の畝もりあげる蜃気楼

惜春の南アルプス迫り来る

猫の子と泪を埋づむ野のみどり
波いろのハンカチ五月を逝きしひと

Ⅱ

夏

〔128句〕

その1

突然の祈禱太鼓や子供の日

紙兜大見得をきる子供武者

風追つて湖が恋しき鯉幟

花は葉にフランスパンを子が齧る

葉桜の夜やガーゼのベビー服

水明り夕空あかり花は葉に

緋牡丹の風に眠たき鬼瓦

母の日や母ともなれず湖をみる

達筆の礼状新茶愛でしもの

みどり差す塩をまとへり塩地蔵

咲き分けの牡丹を撮る中折れ帽

紙と鉛筆つい葦笛に誘はれて
ぶらんこに乗つて宙漕ぐ夏をこぐ

咲き誇る白ばら雨を招ばないで
牡丹寺人のるつぼとなりにけり

抽ん出て糠雨まとふ朴の花

木洩れ日揺れ夏鶯の谷わたり

いづくより草笛星の出てゐたり

青梅雨の波は沖より立ち上がる

遠き日の恋引き寄せる梅雨月夜

犬猫の小さな吐息梅雨探し

駒下駄の爪立ちかろき祭り笛

捻子どめの耳輪疎まし夕薄暑

咲きたくて白を宿せる白牡丹

木もれ日に武蔵鎧の仏炎苞

昼の月稚し草笛吹くは誰

恋ぼたる思ひのたけをひらがなに

検診の一喜一憂梅雨きざす

びつしりと梅は実となる薬用園

百幹の一幹となる今年竹

野の青さ水のあをさの迎へ梅雨

句を詠むはさまよふに似て梅雨の街

日の暮れの青きまぼろし初蛍

真姿の池は甘いぞひめぼたる
爪先も踵もかろし夏の朝

小判にはなれぬさみどり小判草

蟇穴を出で瞬きをくりかへす

街灯の円光けぶる梅雨しぐれ

梅雨月浴びさて犬のこと猫のこと

川狩りや流れの素顔知りつくし

草ぐさの火種とならむ蛇苺

ひと叢は月のしづくの姫女苑

万緑の風に歩幅の弾み癖

薫風やバス停の名は富士見橋

鮎つりの長靴岸によろめけり

遠藤千代を悼む

あつけなき訣れありけり梅雨夕焼

妙義散策　十八句

神杉に常の水音著莪の花

百狐の眼きらり妙義の梅雨深し

吃立の巌に射し込む梅雨の日矢

花苔を隙なく纏ふ石燈籠

狛犬の耳引つ張つてゐる蜘蛛の糸

老杉を縫つて風生む黒揚羽

スニーカー夏鶯を前うしろ

辛沢にいのちを浮かす水馬

猪除けの柵はブリキよ茄子は実に

いい声の夏の鳥たち句碑の天

満目みどり句碑に傘寿の独り言

ひつそりとひつそり敦盛草の花

妙義湖のまみどり統べる通し鴨

椎の香におぼれ飛び交ふ蛇の目蝶

緑蔭に立ち力学の講義聴く

下闇に古きを語る煉瓦橋

夏衣水車の宿に泊つるかな

忙中閑子そだてつばめ見てゐたり

一望は七浦棚田青岬

夏寒の夕べワインは赤がよし

水源は大石のかげ源五郎

筒抜けは夕餉の話青すだれ

名を知らぬ花に頬よせ涼しかり

渋団扇町も屋号もうすれけり

おんばこは普段着のはな絣綿

街路樹の疲れきつたる暑さかな

ぐい飲みの白き量感涼み船

ステテコの人黒飴のにほひせり

その2

よろこびは青水無月の誕生日

サングラス外せばもとの好好爺
大夕焼け静かに闇を引きよせる

古すだれ筒抜けてくる愚痴ばなし

父の背にねむる小さな麦稈帽

トラックもバイクもくぐる大茅の輪

トンネル抜け回天島の溽暑かな

深みゆく色香傘寿の洗ひ髪

真夏の夜カードあそびの鬼は青

篠の葉の皿絵をすける冷奴

水桶をもりあげ今朝の白驟雨

人絶ちて炎暑に鎮む光明殿

白妙は千条といふ作り滝

足跡を水辺に残しキャンプ果つ

大雷雨立木観音木に還る

青田風開発の波迫りくる

しろがねのブレスレットや涼しく老ゆ

祭りあと空きびんの名は鬼ごろし

灸花星見えぬ夜のつづきけり

文月の終りて白きものばかり

エンジン音鉄道草をなぎ倒す

いちまいの色紙にむせぶ夏座敷

海風に鍔あふらるる夏帽子

滴りの岩に置かるる竹柄杓

切れ間なきたてがみ波や凌霄花

走りきて背伸びする子や大夏野

満目みどり北向き地蔵北が好き

鬼笠百合ちからを込めて丈となる

ぎこちなく涼しき色の鶴を折る

青田原夜更けは風の遊び場に

梳く櫛に土用の熱気からみつく

突然に雨招ぶ暗さはたた神

学校のプール満員ホイッスル

緑蔭にゲートボールの声弾ける

所在なく夏日をひさぐ唐辛子屋

蟬穴の冥さは黄泉へ多宝塔

隧道の滴り兵の叫びとも

滴りは千年杉のシンフォニー

富士太鼓謡ふ口もと涼しかり

涙なき別れもあらむ藍浴衣

ガラス器の漬物はなに宵祭り

久闊を叙せばにほふや仙翁花

空襲のあの日も同じ積乱雲

海みどり少年兵の遺稿集

敗戦を遥かにしたるやませ風

酢の香たち祭りの朝の散歩みち

三伏や二羽がさびしき通し鴨

産地名下げて風鈴鳴りつづく

護摩の炎の立ちあがりたる涼しさよ

晩夏光彫りの古びし釣鐘堂

待ち人へ晩夏の簾かろく押す

庭隅に無聊をかこつ駒つなぎ

夕端居おもはずもれるいくさ歌

夏果ての大空きざむブラインド

Ⅲ

秋

〔76句〕

その1

今朝秋の空はみづいろ深呼吸

おづおづと踊り上手なあとに蹤く
花茗荷いつも脱げさう禰宜の沓

小刻みにねむりを覚ます終戦日

いくさ場の兵の慟哭敗戦日

あかんまま道に転がる石の影

朝顔の終の一花は海のいろ

丁寧に道の草刈る厄日前

萎え花に山の香ひそむ嫁菜菊

思ひ草こゑ忍ばせて覗きみる

星月夜再会のなき別れかな

しなやかに撫子しろき庭の隅

草屋根の日暮れ鈴虫鉦叩

鈴虫の不機嫌となる大驟雨

さはやかに跳んで黒猫影となる

雨あとの飛驒に忘れし秋扇

コンバイン稔り田の波吸ひ尽くす

犬放つこの原つぱの月しづく

母の齢超ゆる年月糸瓜水

風船かづら十七歳で逝きし姉

秋帽子たのしウィンドーショッピング

野分晴れ多摩川堤をはしる人

鬼やんまきらりと風に逆らへり

露の夜の街騒猫は子を連れて

蓑虫の夢は垂直孤をかこつ

湧水をわがものの秋のあめんぼう

竹春や黒いろ錆るベントレー

道路鏡まあろく歪むすすきみち

注連張つて一村となる秋祭り

尾の消えしあたり風立つ穴まどひ

翅たたむ塩辛とんぼに指の渦

爽涼の川音うつつ蕎麦枕

午後六時闇のはじめのきりぎりす

ひと畝は身のほどを知る秋茄子

草蜉蝣傘さす程の雨でなし

居待月テレビはいつも恋話

さよならと言ひて燕を見送れり

尼寺跡の毒茸なんと美しき

赤錆の放置自転車九月逝く

その2

はりはりと土の匂へる新生姜

スカーフへ秋日を包み旅に出る

調教や秋風にのる鞭の音

かたぶくを穂波が支ふ棒案山子

老人の集まつてゐる茸飯

よそほひて桜紅葉は地に還る

今朝の冷え小鳥も水も透きとほる

ジーンズの裾が好きよとゐのこづち

スケッチの女性集団秋の薔薇

紅いろが欲しと林檎のひとり言

秋灯辞書を片手の忘れぐせ

菊一輪古徳利の上機嫌

稲は穂に斜めをきそふ通り雨

むかご蔓あの日のやうに引き寄せる

ふみといふ姉逝きませり菊の冷

野菊晴八十路の坂は日々発見

己が影知らずに無為の捨て案山子

しみじみと藍染着たし十三夜

秋天に馬術部の馬落ち着かず

稲すずめ川原雀となりにける

どこへ置く欲しくて捥いだ烏瓜

小鼓てふ新酒や恋の話など

倒木の朽ちてのたうつ茸山

三体の案山子親子の形をして

秋映れの名をもつ林檎撓みけり

杣道は爪先あがり山ぶだう

賑やかなお喋り花屋に小鳥くる

あのころと変らぬ校舎野菊晴れ

鯉ゆらりいろなき風を飲み込めり

里山は木の実しぐれの和音かな

レプリカの鶴が肩よす草もみぢ

米つぶのやうな歯並び七五三

身に入むや忙中閑の旅ごころ

山もみぢ建売住宅迫りくる

ハロウィンの魔女のほほえみ大南瓜

秋惜しむベンチに猫を抱く少女

降りつづき大きな秋の終りけり

Ⅳ

冬

〔94句〕

その1

真綿雲はつ冬の天曳ききれず

梅もどき冬日に蔓をからませる

風立つと天地に狂ふ落葉たち

しばらくは池の魔王の朴落葉

夜の落葉太初のいろを託ちけり

白雲のわすれものなる返り花

石庭にあそぶ落葉のうらおもて

落葉しきり黒を極める夕鴉

考へる形して冬のミニトマト

降りしきる欅落葉を肩に着る

小春日に溺れて猫の独り言

木枯らしの削り残せる下弦の月

うつむきて聴くいくさ歌開戦日

十二月八日ですねと亡き父に

眉ほどの月天心に霜の朝

白葱のあまさ女の嘘まこと

雲一条ながして極む冬夕焼け

此処にまたマンションの建つ霜柱

水底に夢を沈めて蓮枯る

霜の朝かまきりの死のみどりいろ

夕されば錆色きざす冬の虹

素手といふ軽ろさ北風吹き抜ける

遠く浮き鳰さざなみを啄めり

枯るるもの枯らして風の育つ町

はなれ鴨孤独の嘴を背に埋む

笛の音と鈴によろける神楽面

伐りつめて雪つりの裾なみうたす

燿ふは枯れ木の奥の銀河系

鰭酒の酔ひが愚痴生む宿灯かり

首だけを出してみぞれの露天風呂

冬霧の谿が口空くつづら折り

粉雪は此処でおしまひいろは坂

降り続き涸れ川低くつぶやけり

風癖をあらはに桑の枯るるかな

着ぶくれて流星群を待つ夜明け

仮の世の日差しに沈む冬の蝶

風花のひらりひらひらおくり仮名

肩越しにのぞく鱰市吊り鮟鱇

枯れ尽し数珠玉風に鳴るばかり

刃物めく風や師走の関八州

飲み馴れぬ鰭酒に愚痴ただむなし

冬晴れと犬をうつせる道路鏡

冬満月うさぎは一羽いや三羽

雪ぼたるどつと日暮れの来たりけり

この奥の路地の月光なほ冴ゆる

夜を徹し雨から雪へ沈む街

畦石のみほとけとなる今朝の霜

手をぬきし些事は師走のせいにして

餅を搗く昭和のいろの杵と臼

冬至湯につかり天寿をかろくせり

地卵やどさり下仁田葱の束

くれなゐの薔薇の渾身雲凍る

たまさかは酔うてもみたしクリスマス

留守勝ちの師走火伏せの重ね貼り

煤逃げはよき言葉なり時計見る

捨つるにはあまりに惜しき古日記

刃こぼれのままの包丁年詰まる

忙しさを言ひつつ猫抱く年の暮れ

大年の天神は晴れ筆収む

その2

大旦呟きながら季語を繰る

初灯し明暗すでにうまれたる

朝詣息も寒さも白く散る

身のなかの虫も酔ひたる屠蘇日和

初宮の注連縄青くはねあがる

なほざりの鉢に芽吹ける福寿草

嬰の吸ひし指はももいろ初雀

書くことは生きる支へよ初日記

マラソンの孤独箱根路風花す

竹馬に乗る子乗れぬ子土匂ふ

極楽と地獄のはなし蜜柑むく

紅を刷く鏡のおくの雪あかり

鬼棲むと謂はるる山の雪景色

大屋根にずしりと寒の星あかり

白セーター卒寿過ぎたる同窓会

鳴きかはし羽撃ちては鴨引き支度

切れるほど冷たき冬の泉飲む

捕らはれの熊やるせなき日向ぼこ

どの石も雪に埋もれ孤をかこつ

冬の薔薇花芯をみせずくづれけり

いろ濃きは殻のたしかな寒卵

冬麗の空ありあまる三面鏡

尼寺跡の小高き無限風花舞ふ

みなぎるは冬の石菖お鷹道

ずつしりと川暮れにけり寒土用

洗ひ菜のみどりあふるる雪催ひ

雪しんしん笹蔭に鳩うづくまる

冬芽びつしり頼朝手植ゑの大欅
のけ反りて仰ぐ霜晴いのち惜し

枡酒の杉匂ひたつ初不動

汽水湖の風のいたぶる桜の芽

電線は天の音符よもがり笛

海色の句集届けり春待つ日

てのひらの微かな重み羽根布団

糸月へ躊躇ひがちに鬼は外

あとがき

俳句の奥深さに憑かれ、四十年近い歳月をただ一筋に歩みつづけてきました。

健康で明るく米寿を迎えるこの年に、平成八年以後の「ウエップ俳句通信」掲載作品より三百九十句近くを選出し第九句集発刊の運びとなりました。

年齢に不足はありませんので、数年後、第十句集上梓まで〝生きた証〟を心おきなく詠んでみたい、と切望しています。

このたびも大崎紀夫さんはじめウエップの皆様に御親切にしていただき深く感謝いたしております。有難うございました。

平成二十八年一月

関口恭代

著者略歴

関口恭代（せきぐち・やすよ）

昭和３年　６月22日　群馬県藤岡に生まれる
昭和57年　11月　俳誌「朝霧」主宰・松本陽平に師事
昭和63年　句集『水』
平成元年　俳人協会加入
平成２年　俳誌「帆」創刊
平成６年　句集『繭蔵』
平成11年　句集『帆』
平成16年　句集『旅』
　　　　　俳人協会刊自註句集
平成19年　句集『美土里』
平成21年　句集『よろこび』
平成24年　句集『糸遊』

俳誌「帆」名誉主宰

現住所＝〒183－0046　府中市西原町４－23－18

句集　冬帽子

2016年2月28日　第1刷発行

著　者　関口恭代

発行者　池田友之

発行所　株式会社　ウエップ

〒160-0022　東京都新宿区新宿1-24-1-909

電話　03-5368-1870　郵便振替　00140-7-544128

印　刷　モリモト印刷株式会社

※定価はカバーに表示してあります　ISBN978-4-86608-014-7